D1654048

M. Akveld
24. 11. 13
v. Jaukje

Midden in de Winternacht

Illustraties: Kerstin Meyer

First published in Germany under the title *Es ist ein Elch entsprungen*

De eerste Nederlandse editie van *Midden in de Winternacht*
verscheen in 2005 bij uitgeverij Lemniscaat

EAN 978 90 8967 140 0

Andreas Steinhöfel

Midden in de Winternacht

Illustraties van Kerstin Meyer

Vertaling Tjalling Bos

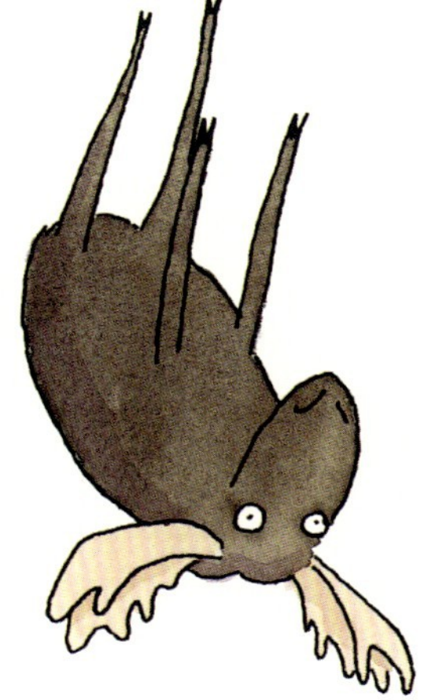

HOOGLAND & VAN KLAVEREN

Meneer Eland landt

Op de avond van de derde zondag van de advent stortte meneer Eland neer op ons huis aan de Vinkenbosweg. In de adventstijd wordt er bij ons gezongen en muziek gemaakt, dus waren we in de woonkamer: Kiki zat aan de piano, mama speelde blokfluit en ik was de zanger. Ik heb een heel mooie jongenssopraan.

Het rook naar de sinaasappelschillen die mama op de verwarming had gelegd. In de ruiten weerspiegelde zich warm kaarslicht en buiten zweefden stil en zacht sneeuwvlokken omlaag. Ik begon al echt in de kerststemming te raken.

'Nu zijt wellekome, Jesu lieve Heer,' zong ik.

Mama nam de blokfluit uit haar mond en jubelde vrolijk mee: 'Gij komt van al zo hoge, van al zo veer!'

Maar het was Jezus niet die uit de hemel kwam. Het was meneer Eland. Er klonk een oorverdovend gekraak en meteen daarna viel hij dwars door het plafond van de kamer. Of eigenlijk viel hij eerst door het dak van het huis en daarna door het plafond. De vloer onder onze voeten trilde. Ik hoorde mama en Kiki gillen.

In een regen van bakstenen en dakpannen landde er een groot bruin ding boven op Sören en veranderde hem in brandhout. Sören was onze salontafel van IKEA. De adventskrans en de kokoskoekjes die erop stonden, werden ook geplet.

Van de kokoskoekjes vond ik dat niet zo

erg. Oma had ze gebakken en per post opgestuurd, en zoals altijd waren ze aangebrand. Elk jaar gebruikt mama ze tot vlak voor kerstavond als versiering, daarna voeren Kiki en ik de koekjes in het park aan de eenden. Als oma met kerst komt logeren, moeten we zeggen dat ze heel lekker waren. Ik hou niet van liegen, maar we moeten ook aan de eenden denken.

'Lieve hemel, wat is dat?' fluisterde mama toen het stof was gaan liggen.

Het grote bruine ding lag onbeweeglijk tussen het puin, de versplinterde resten van Sören en de koekkruimels. Het had een gewei en vier lange poten, die in alle windrichtingen wezen.

'Het is een eland,' zei Kiki. 'Een mannetje.'

Dat had ze weer fijn voor elkaar. Ze had bewezen dat we ook in noodsituaties op haar algemene ontwikkeling konden vertrouwen. Waarschijnlijk zou ze daarvoor een extra kerstcadeau krijgen. Als je een oudere zus hebt, kan het leven heel oneerlijk zijn.

Het leek of het gewei van de eland bekleed was met zacht fluweel. Het voelde tegelijk koud en warm aan.

'Max Wagenaar, blijf met je handen van dat beest af!' zei mama streng.

Ik trok mijn hand terug. Mama was bang voor vlooien en luizen. Daarom mocht ik ook geen hond hebben.

'Hoe weet je dat het een mannetje is?' vroeg ze aan Kiki.

'Vrouwtjeselanden hebben geen gewei,' legde mijn zus uit.

'O ja,' zei mama, en ze knikte. 'Natuurlijk.'

Natuurlijk! Het was maar goed dat Gerlinde Wolters dat niet had gehoord. Zij is onze buurvrouw, en sinds mama gescheiden is van papa, ook haar beste vriendin. Elke donderdag gaat ze naar de vrouwenpraatgroep om voor de emancipatie te strijden.

Mama keek omhoog naar het grote, donkere gat in het plafond. Van de randen regende nog steeds kalk omlaag. 'Kunnen elanden vliegen?' vroeg ze argwanend.

'Nee,' zei Kiki, 'en ook niet bergbeklimmen, duiken of tennissen. En praten kunnen ze ook niet.'

Alsof hij daarop had gewacht, opende de eland zijn ogen. 'Onzin, meisje!' bromde hij. 'Ik spreek vijf talen vloeiend.'

'Nou ja,' antwoordde Kiki, niet onder de indruk, 'maar u hebt wel een Amerikaans accent!' Ze wil altijd het laatste woord hebben.

Mama bleef stokstijf staan, alsof ze haar blokfluit had ingeslikt. Haar mond ging open en weer dicht. Ze was er gewoon niet aan gewend dat er pratende elanden op haar huis vielen.

'Ik ben meneer Eland,' stelde de eland zich voor. Zijn stem was net zo zacht als zijn gewei. 'Uit de familie van de herten.'

Hij krabbelde overeind en werd groter en groter. Mijn hoofd kwam maar net tot aan zijn hals, waaraan een dikke haarpluk hing, als een soort baard.

'Herten zijn herkauwers die elk jaar hun gewei wisselen,' legde Kiki uit zonder dat iemand haar iets had gevraagd.

'Natuurlijk,' zei mama weer.

'Net als rendieren bijvoorbeeld,' voegde Kiki eraan toe.

'Natuurlijk,' zei mama voor de derde keer.

Meneer Eland kromp ineen en trok zijn kop in. 'Is een van die beesten hier?' brieste hij luid.

'Natuurlijk niet!' zei mama. 'Kunt u ons nu misschien vertellen hoe u hier terecht bent gekomen?'

Ik bewonderde haar. Ze was zelfs beleefd tegen gasten die haar woonkamer in een puinhoop veranderd hadden en Sören om zeep hadden geholpen.

'Ik ben neergestort,' antwoordde meneer Eland. 'Boven Ierland ben ik uit de bocht gevlogen.'

'Vloog u boven Ierland?'

'Ons eigenlijke reisdoel was Scandinavië. Het ongeluk gebeurde in de bocht.'

'Van Ierland naar hier is een heel eind.'

'Het komt door de middelpuntvliedende kracht,' bemoeide Kiki zich ermee. 'Hij ging waarschijnlijk erg hard.'

Ik schaamde me gewoon omdat ze zo opschepte met haar kennis. Mama vroeg of ze haar fototoestel

wilde halen om foto's te maken van meneer Eland en de plaats waar hij was neergestort, voor de verzekering.

'Ik vind het heel vervelend om zo'n knappe dame op het dak te vallen, mevrouw,' zei meneer Eland beleefd. 'De baas zal de schade natuurlijk vergoeden.'

De baas?

Het was lang geleden dat iemand mama een compliment had gemaakt. Misschien had ze daardoor de laatste zin niet gehoord.

'Ach, het is maar een gat in het plafond en in het dak,' zei ze. Ze bloosde verlegen. 'Maar het begint wel een beetje koud te worden.'

Door de gaten dwarrelden honderden sneeuwvlokken op ons neer. Op de foto's die Kiki die avond van ons heeft gemaakt, is dat een heel mooi gezicht.

Toen het filmpje vol was, besloot mama dat de gaten afgedekt moesten worden voordat we helemaal insneeuwden.

'Ik zou u graag helpen bij het repareren,' bood meneer Eland aan. 'Maar ik vrees dat ik mijn linkervoorpoot heb verstuikt.'

Dat was echt iets voor mama! Ze vindt het heerlijk als iemand ziek of gewond is. Als het aan haar lag, had ik drie keer per jaar waterpokken of de bof.

'Tot u weer beter bent, blijft u bij ons in de garage wonen,' zei ze tegen meneer Eland. Sinds papa bij de scheiding de auto had gekregen, stond de garage leeg. 'En straks maak ik een koude omslag voor uw poot.'

Ik was jaloers op Kiki, die de hinkende meneer Eland naar buiten mocht brengen, terwijl ik met mama naar die stomme zolder moest.

We legden planken over het gat in het plafond van de woonkamer en spijkerden een dik plastic zeil onder het gat in het dak.

'Mag meneer Eland bij ons blijven?' vroeg ik.

'In elk geval tot zijn enkel genezen is,' zei mama. 'Dan zien we wel weer.'

Papa heeft eens gezegd dat je geen slechte dingen mag wensen. Maar terwijl ik een spijker door het zeil sloeg, wenste ik dat de enkel van meneer Eland zo langzaam mogelijk zou genezen.

Die avond gingen we allemaal laat naar bed.

Hoewel ik heel moe was, kon ik niet in slaap komen. Op zolder klapperde het zeil zacht in de koude wind. Toen ik zeker wist dat mama en Kiki sliepen, pakte ik mijn zaklantaarn, trok mijn jas en mijn laarzen aan en liep door de besneeuwde tuin naar de garage.

Meneer Eland was ook nog wakker. Hij knipperde met zijn ogen in het licht van de zaklantaarn. Om

zijn linkervoorpoot waren drie handdoeken gewikkeld.

‘Ik heb een vraag, meneer Eland,’ zei ik.

‘Die zal ik beantwoorden, jongen, als je me eerst achter mijn rechteroor krabbelt,’ zei hij.

Zijn oren waren groter dan mijn handen, en de vacht erachter was warm en zacht. Hij rook een beetje naar de dierentuin, of naar een paardenstal.

Meneer Eland kreunde van genot. ‘Waar is je vader?’ vroeg hij na een tijdje.

‘Ik weet het niet. Gerlinde Wolters zei dat hij naar de maan kon lopen.’

‘Dat is een eind weg. Mis je hem?’

Als ik aan papa dacht, kreeg ik een rare kramp in mijn buik en werd ik duizelig. Het was geen fijn gevoel. Ik wilde er niet over praten.

‘Meneer Eland,’ zei ik, ‘wie is “de baas”?’

‘De baas ...’ mompelde meneer Eland. Hij hinkte langs me heen naar de garagedeur en staarde naar de donkere winterhemel. ‘Heb ik dat nog niet verteld? De baas ... dat is natuurlijk Santa Claus.’

‘Wie?’ vroeg ik.

‘Santa Claus,’ herhaalde meneer Eland. Hij draaide zich naar me om, zodat ik hem recht in zijn mooie bruine ogen kon kijken. ‘Dat is zijn Amerikaanse naam. Jullie noemen hem de Kerstman.’

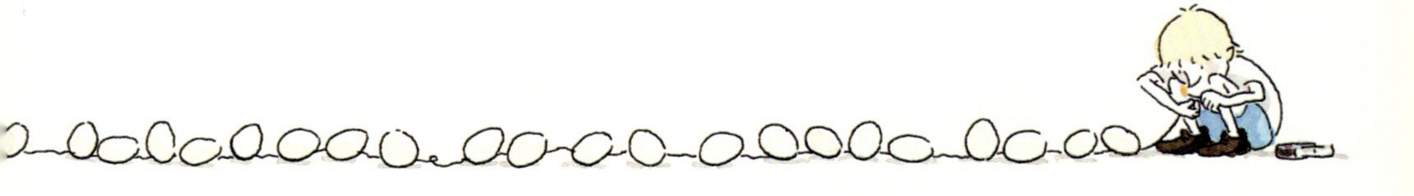

Meneer Eland wordt ontdekt

Ik herinnerde me de Kerstman nog goed. Vorig jaar stond hij 's avonds plotseling voor onze deur, precies op vierentwintig december. Hij zei niets toen hij uit de kou en het duister het huis binnenkwam. Op zijn rode jas lagen kleine sneeuwvlokken. Ze smolten als op een warm fornuis.

Ik kreeg een heel akelig gevoel. Ik was niet braaf geweest. Ik had rotjes bewaard van oudejaarsavond en daarmee in de zomer drieëntwintig eieren in de legbatterij van Panneman opgeblazen. Nu was ik bang dat de Kerstman elk van die eieren persoonlijk had gekend.

'Ben je bang, Max Wagenaar?' vroeg hij.

'Ja,' zei ik.

'Gelijk heb je!' brulde de Kerstman, en daarna joeg hij mama, Kiki en mij het hele huis door, terwijl hij met zijn roe van samengebonden takjes zwaaide. Ik gilde van angst.

We vluchtten naar de woonkamer, waar we drie rondjes om de prachtig versierde kerstboom renden. Daarna liet mama zich op de bank vallen. De Kerstman wierp zich op haar en begon haar te knuffelen.

'Hans,' riep mama lachend, 'denk aan de kinderen!'

Kiki lachte ook. Ze had het de hele tijd geweten.

Ik was wel klein, maar niet dom. Ik wist dat de Kerstman geen Hans heette en dat papa de enige op de wereld was die mama zo mocht knuffelen. Zo kwam ik erachter dat de Kerstman niet bestaat. Ik vond het heel erg.

Maar ik vond het nog erger toen papa en mama kort daarna gingen scheiden en papa verhuisde.

Blijkbaar had het knuffelen niet geholpen. Maar ze hadden gelukkig niet ontdekt dat ik die eieren had opgeblazen. Dat was een kleine troost.

'De Kerstman bestaat niet,' zei ik die nacht in de garage bozig tegen meneer Eland. 'En die Santa Claus vast ook niet.'

'Ja hoor,' zei meneer Eland, 'hij bestaat wel. En hou nou op met huilen. Mijn hart breekt als ik kinderen zie huilen.'

De volgende ochtend sleepte ik Kiki na het ontbijt mee naar de garage en vroeg meneer Eland om haar over de baas te vertellen. Ik wist zeker dat Kiki niet in de Kerstman zou geloven. Maar ik vergiste me.

'Een wetenschapper moet alles geloven tot het tegendeel is bewezen,' zei ze. 'Dat de Kerstman nog nooit in een praatprogramma op tv is geweest, betekent niet dat hij niet bestaat.'

'Zo is dat, meisje,' bromde meneer Eland.

Of ik het leuk vond of niet: Kiki maakte grote indruk op hem. In mijn hart fladderde een jaloerse gele vogel. Ik zou graag de enige vriend van meneer Eland zijn geweest.

Mama kwam met nieuwe koude omslagen. Ze vroeg meneer Eland of hij honger had en wat hij wilde eten.

'Een hapje mozzarella met tomaten als voorgerecht, en dan een spinaziepizza zonder knoflook, met een lichte Italiaanse witte wijn erbij,' antwoordde meneer Eland. Mama's ogen werden zo groot als schoteltjes.

'Als u dat niet hebt, is droog hooi ook goed,' zei meneer Eland, terwijl hij grijnsde met zijn reusachtige witte tanden. 'En wat fruit als toetje ... peren op sap zijn prima.'

'Hooi kan ik wel laten brengen,' mompelde mama opgelucht. 'Ik kan de manege bellen, of nee, beter Panneman, die heeft een boerderij.'

Twee uur later klonk er op straat een gedempt gedreun. Gehuld in een dikke winterjas hobbelde de oude Panneman met zijn tractor onze oprit op. Op zijn kale hoofd droeg hij een te grote bontmuts, die telkens over zijn voorhoofd zakte.

'Panneman levert onmiddellijk,' riep hij vrolijk.

Ik klom op de aanhangwagen, waarop acht grote hooibalen lagen, en hielp hem bij het afladen. Panneman grijnsde naar me. Ik voelde me meteen schuldig. Sinds meneer Eland was geland, werd ik telkens aan het opblazen van de drieëntwintig eieren herinnerd.

'Ik zal de hooibalen de garage in dragen,' zei Panneman toen we klaar waren met afladen. 'Dat hoort bij de service.'

'Het is een grote rommel in de garage,' riep mama. Ze had meteen een rood hoofd gekregen. Bovendien had ze gestotterd en gagagarage gezegd.

De oude Panneman schoof zijn bontmuts naar achteren, stak zijn neus in de lucht en snoof. Het schoot me te binnen dat hij een enthousiaste jager was. Meneer Eland zou vast niet willen eindigen als bontmuts op het kale hoofd van Panneman.

'Wat hebben jullie daar in de garage?' vroeg Panneman nieuwsgierig. 'Er hangt hier een scherpe geur. En waarvoor hebben jullie dat hooi nodig?'

Mama keek Kiki en mij hulpeloos aan. Ze kan niet goed liegen, dat laat ze liever aan ons over. Net als bij oma's kokoskoekjes.

'We bouwen de stal van Bethlehem na,' zei Kiki. 'Voor een kerstspel. Misschien vragen we u ook nog om een paar dieren. Koeien en schapen en zo.'

'Varkens,' zei mama ijverig.

Kiki kreunde zacht. Zelfs ik wist dat er in de stal van Bethlehem geen varkens waren geweest. Anders zouden ze wel op kerstkaarten staan.

'O, nou, een schaap heb ik wel,' bromde Panneman verward. Hij keek nog een keer naar de garage. Daarna tikte hij met een vinger tegen de rand van zijn bontmuts, klom op de tractor en tufte weg.

Mama, Kiki en ik haalden opgelucht adem. We hadden besloten niemand iets te vertellen over meneer Eland. Mama zei dat toch niemand haar

zou geloven als ze het over een vliegende eland had. Kiki wilde eerst alle wetenschappelijke gegevens over pratende herkauwers en de Kerstman verzamelen, voordat ze de publiciteit opzocht. En ik wilde meneer Eland nog steeds voor mezelf houden.

Maar natuurlijk liep alles anders.

Het begon ermee dat Gerlinde Wolters in de garage een flesje olie zocht. Omdat ze mama's beste vriendin is, heeft ze een eigen sleutel. Vlak voor het middageten stond ze plotseling in de keuken. Ze had minstens twintig zijden sjaals om, die ze allemaal zelf had beschilderd.

'Kirsten Wagenaar,' zei ze tegen mama, die spaghettisaus voor ons maakte, 'er staat een eland in je garage.'

'O ja?' zei mama nonchalant, en ze liet de houten lepel in de saus vallen. 'Hoe komt die daar nou?'

'Ik weet niet hoe hij daar komt,' zei Gerlinde. 'Maar hij vraagt waar zijn peren op sap blijven.'

Er was niets aan te doen: we moesten haar het geheim verklappen. We vertelden alles, alleen over de baas zeiden Kiki en ik niets.

‘Je bent hopeloos, Kirsten,’ zei Gerlinde toen we naar de garage liepen. Mama droeg een schaal met peren op sap. ‘Je bent amper een jaar gescheiden, en nu maak je alweer eten voor een kerel!’

Dat was niet eerlijk, want het meeste eten voor meneer Eland had ík naar de garage gesleept. Hij had de eerste hooibaal al voor de helft op.

‘Het doet me plezier u te leren kennen,’ zei hij toen mama Gerlinde Wolters aan hem voorstelde. ‘Wat draagt u prachtige sjaals!’

‘Vleien werkt bij mij niet,’ zei Gerlinde.

Ik legde meneer Eland uit dat Gerlinde Wolters voor de emancipatie streed. Meneer Eland wilde weten wat dat is. Gerlinde legde uit dat het bijvoorbeeld emancipatie zou zijn als een vrouwtjeseland ook een gewei zou mogen dragen.

‘Mevrouw, dat is een belachelijk idee,’ zei meneer Eland.

‘Meneer,’ antwoordde Gerlinde, ‘dat is nou een echte mannenopmerking.’

Daarna pakte ze het flesje olie, dat ze nodig had voor haar milieuvriendelijke graanmolen, en ging met mama terug naar binnen.

Gerlinde Wolters vond meneer Eland niet erg aardig, in elk geval in het begin. Ze zei tegen mama dat hij een macho was. Toch heeft ze niemand over hem verteld. Dat zal ik nooit vergeten en daarom ben ik nu ook voor de emancipatie.

’s Middags besloot Kiki dat het tijd werd om meneer Eland nu eindelijk wetenschappelijk te gaan onderzoeken en hem een paar vragen te stellen. Ze ging met een blocnote en een geslepen potlood naar de garage.

‘Meneer Eland,’ begon ze, ‘wat is uw relatie tot de Kerstman, en heeft die iets te maken met uw val op ons huis aan de Vinkenbosweg 4?’

Deze vraag klonk wel erg wetenschappelijk, maar ik wilde veel liever weten of meneer Eland wijngumbeertjes lekker vond.

'Dat is een lang verhaal,' zei meneer Eland. 'Ik hoop dat jullie even de tijd hebben.'

We zochten allebei een goed plekje. Ik kroop tegen de warme vacht van meneer Eland aan en krabbelde hem achter zijn grote oren. Kiki ging op een stapel oude autobanden zitten en hield haar potlood klaar. Meneer Eland begon te vertellen.

Hij had niet overdreven. Het was een lang verhaal.

Meneer Eland vertelt

De wereld is groot en het is maar één keer per jaar Kerstmis. Dus zou de Kerstman het erg druk hebben als hij al zijn werk op dezelfde dag zou doen. Daarom heeft hij lang geleden besloten om in sommige landen al op kerstavond cadeaus rond te brengen, en in andere landen pas de volgende dag, zoals in Amerika en Engeland.

Ik had altijd gedacht dat het Kerstkind op kerstavond over de hele wereld cadeaus uitdeelde, maar dat bleek dus niet zo te zijn.

Er zijn in Amerika zoveel kinderen dat de Kerstman echt niet lopend naar alle huizen kan gaan. Nou ja, hij zou het wel kunnen als hij wou, maar waarvoor heeft hij dan zijn slee? Die is schitterend! Zelfs de kleinste onderdelen zijn zorgvuldig uit hout gesneden, en de belletjes en glij-ijzers zijn van zuiver zilver. Ondanks het indrukwekkende laadvermogen is de slee bij goed weer zo snel als ... nou ja, hij is heel snel. En waarom? Omdat hij getrokken wordt door een stel rendieren die deze belangrijke baan lang geleden hebben gekregen.

Meneer Eland liet even zijn tanden zien, voordat hij acht namen van rendieren noemde. Ik heb er maar vier onthouden: Danser, Komeet, Donder en Bliksem. Kiki heeft de andere namen ook opgeschreven, maar meneer Eland zei dat het niet nodig was. In Amerika schijnt ieder kind ze te kennen.

Je zou verwachten dat de rendieren het fijn vinden om de baas te mogen helpen. Maar nee hoor, ze zijn heel ondankbaar en doen erg uit de hoogte. Met iemand als ik willen die verwaande beesten zelfs niets te maken hebben! Ze eten alleen het allerbeste voedsel, en ze laten hun vacht verzorgen, hun gewei schoonmaken en zelfs hun hoeven poetsen. En o wee als alles niet piekfijn in orde is - dan weigeren ze de slee te trekken! Ze weten dat miljoenen onschuldige kinderen tranen met tuiten zouden huilen als ze met Kerstmis geen cadeaus kregen, en daar maken ze schaamteloos misbruik van.

Kiki liet me later een foto van een rendier zien. Het was veel sierlijker dan meneer Eland en had een lichtere vacht en heel mooie ogen. Maar het was vast geen rendier van de Kerstman, want zijn gewei was vrij smerig.

O ja, en dan de slee - daarmee komen we bij de kern van de zaak. De slee wordt natuurlijk maar één keer per jaar gebruikt, in de kersttijd. Verder staat hij daar maar zo'n beetje, en dan raakt er wel eens een schroefje los, of er gaat een belletje klemmen, de glijders moeten opnieuw beslagen worden en het leren tuig moet worden nagekeken. Alles bij elkaar is dat een hoop werk, en daarom krijgt de slee altijd een grote beurt voordat de kersttijd begint. Daarna wordt er dan een proefvlucht gemaakt - en dat is het punt waarop de elanden aan bod komen.

Kiki schreef alles ijverig op.

Omdat de heren rendieren zich te goed voelen voor een proefvlucht - het zijn namelijk allemaal mannetjes, daar gaat je emancidinges - neemt de baas elk jaar zijn toevlucht tot mij en drie kameraden. Ik geef toe dat elanden niet de beste lopers zijn. Maar we zijn

sterk en hebben uithoudingsvermogen. Ook bij een groot koufront staan we niet meteen te trillen op onze hoeven. En dat mag ook niet, want proefvluchten zijn niet ongevaarlijk. Ik zou nooit boven Ierland uit de bocht zijn gevlogen als we niet met een loszittend glij-ijzer over een stapelwolk waren geroetsjt! Toch zijn we tevreden, want welke andere eland ziet nou zoveel van de wereld als wij, en dan ook nog van bovenaf! Ja, het is een grote eer om voor de Kerstman te mogen werken, een grote eer ...

Toen meneer Eland dat zei, klonk hij een beetje droevig. Het ergerde hem ontzettend, zei hij, dat de hele wereld de rendieren kende en bewonderde, terwijl geen mens over de elanden sprak.

Het is mijn grote droom om een keer de echte kerstvlucht te mogen meemaken! Als de slee helemaal in orde is en als een veertje voortzweeft, zodat je het ge-

wicht bijna niet voelt en de koude sneeuw je om de oren vliegt. Maar dat is natuurlijk ondenkbaar; de rendieren zouden het nooit toestaan. De baas trouwens ook niet. Hij is erg gehecht aan tradities. Hij is

een aardige oude man, maar als je hem tegenspreekt, kan hij heel boos worden. Ik vraag me af of hij me mist.

De belangrijkste vraag was natuurlijk hoe ze konden vliegen. Jammer genoeg was het antwoord van meneer Eland teleurstellend.

Dat is beroepsgeheim - niet van mij, maar van de baas! Hoe hij het voor elkaar krijgt dat rendieren van wel driehonderd kilo en daarbij ook nog de slee met de cadeaus door de lucht kunnen vliegen, weet ik ook niet precies. Maar ik geloof dat het iets te maken heeft met het sterrenstof dat hij in kleine zakjes met zich meedraagt ... In elk geval kan ik zonder hulp van de baas niet vliegen. Met praten is dat anders: als je dat eenmaal geleerd hebt, kun je het altijd. Maar vliegen zonder sterrenstof - dat zit er niet in, vrees ik. Anders had ik jullie allang uitgenodigd voor een kleine rondvlucht.

Kiki sloeg haar blocnote dicht. Ze had nog een heleboel vragen, maar die wilde ze meneer Eland een andere keer stellen. We keken samen toe terwijl meneer Eland de volgende lading hooi en twee ingemaakte peren naar binnen werkte. Later kwam ik erachter dat hij wijngumbeertjes lekker vond, vooral groene en rode.

’s Avonds in bed viel ik meteen in slaap. Ik droomde van de Kerstman en zijn slee. We stoven door de zwarte nachthemel en door wervelende sneeuwvlokken, voortgetrokken door meneer Eland en zijn vrienden. Meneer Eland lachte blij, en waar zijn machtige hoeven de wolken raakten, vlogen gouden vonken door de winternacht.

Meneer Eland rent weer

De volgende dagen klonk er luid gehamer aan de Vinkenbosweg. Mama had timmermannen laten komen om het kapotte dak en het plafond van de woonkamer te repareren. Kiki beantwoordde de vragen van de mannen, die nieuwsgierig waren en wilden weten hoe de schade was ontstaan.

‘Een meteoriet!’ riep ze enthousiast. ‘Hij kwam uit het heelal. Hij was reusachtig.’

Ze ging met een dikke winterjas aan op het dak zitten en vertelde de timmermannen alles wat ze over meteorieten en het heelal wist. Het duurde uren. Daarna vroegen de mannen niets meer.

Kiki wilde van meneer Eland alles horen over het leven van elanden. Ze krabbelde de ene blocnote na de andere vol en verbruikte een paar potloden. 's Middags typte ze alles netjes uit.

'Je bent erg knap, meisje,' zei meneer Eland een keer tegen haar.

Kiki antwoordde dat ze graag met hem naar Parijs zou gaan om hem voor te stellen aan de leden van de Académie Française, want dat waren de knapste mensen van de wereld.

'Ah, Parijs,' zei meneer Eland enthousiast. 'Daar hebben we een keer met de slee op een haar na de Eiffeltoren geramd.'

'Een botsing!' riep ik.

'Net niet,' zei meneer Eland. 'De laatste echte botsing heeft de baas eeuwen geleden gehad. Dat was in de kleine Italiaanse stad Pisa.'

De dagen met meneer Eland gingen veel te snel voorbij. Omdat hij zich vaak eenzaam voelde, bleef ik meestal bij hem in de garage. Daar luisterde ik naar zijn verhalen. Hij vertelde over het fonkelende water van de Nijl en over het groene bladerdak van de regenwouden. Hij had de besneeuwde top van de Mount Everest gezien, en de donderende watervallen van de Niagara. Hij kende de Afrikaanse woestijnen met hun brandende zon, en het eeuwige ijs van de Noordelijke IJszee. 'De wereld is een wonder,' zei meneer Eland.

Hij was heel vrolijk, want door mama's goede zorgen werd zijn poot snel beter en hij was dol op haar peren op sap.

'U smakt, meneer Eland,' gaf mama hem een keer op zijn kop. 'Het klinkt alsof iemand een baby een tik op zijn blote billetjes geeft.'

'Je mag kinderen niet slaan,' antwoordde meneer Eland.

Later bekende hij mij dat hij zich vreselijk schaamde over dat smakken.

Af en toe kwam Gerlinde Wolters langs. Ze had zich vast voorgenomen meneer Eland enthousiast te maken voor de emancipatie van de vrouwtjeselanden. Meneer Eland praatte met haar, maar liet zich niet overhalen. Toch vergat hij nooit om Gerlinde een complimentje te maken voor haar kleurige zijden sjaals.

'Hij is de aardigste macho die ik ken,' zei Gerlinde Wolters tegen mama.

Een keer zag ik dat ze meneer Eland stiekem zelfgebakken volkorenbroodjes met kruidenkwark toestopte. Ze vroeg hem om het aan niemand te vertellen, anders zou ze uit de vrouwenpraatgroep gegooid worden.

'Dat beloof ik, mevrouw,' stelde meneer Eland haar gerust, en inderdaad heeft hij tegen mij nooit iets over de volkorenbroodjes en de kruidenkwark gezegd.

Hij was heel vriendelijk en beleefd.

Op de vierde zondag van de advent nodigde mama meneer Eland uit voor een feestelijk avondmaal. Een beetje zenuwachtig hinkte hij van de garage naar het huis. Tijdens het eten smakte hij niet één keer, maar bij de vruchtensalade ontsnapte hem een harde boer.

'Mevrouw, het spijt me vreselijk,' zei meneer Eland.

'Een boertje is niet zo erg,' zei mama.

Na het eten keken we naar een film op de televisie, die grote indruk maakte op meneer Eland. De film heette *Casablanca*. Hij gaat over een man en een vrouw die elkaar niet krijgen, hoewel ze van elkaar houden. Omdat ze allebei erg ongelukkig zijn, spelen ze voortdurend piano. Ten slotte vertrekt de vrouw met een vliegtuig, en de man blijft achter in Casablanca.

'Ik ben ontroerd,' zei meneer Eland toen de film afgelopen was. Mama was ook ontroerd. Ze verfrommelde een natgehuild papieren zakdoekje tussen haar handen. Zelfs Kiki snikte een beetje. De man en de vrouw hadden gezegd dat ze elkaar misschien ooit zouden terugzien in Parijs. Dat vond ze waanzinnig romantisch.

Het was een heerlijke avond. De woonkamer straalde door het licht van ontelbare kaarsen en meneer Eland zong Amerikaanse kerstliedjes voor ons. Hij had zo'n zware bas dat alle glazen in de wandkast rinkelden. Daarna mochten Kiki en ik kerstballen en slingers in zijn gewei hangen. Op de foto staat Kiki links, ik rechts, en tussen ons in staat meneer Eland vriendelijk te glimlachen.

Ik zal nooit de dag vergeten waarop meneer Eland zei dat zijn poot weer helemaal beter was. Hij liep de tuin in, waar zijn zware hoeven diepe afdrukken achterlieten in de sneeuw. Met zijn zachte snuit snuffelde hij aan elke boom en struik.

'Het ruikt anders dan bij ons in Amerika,' zei hij.

Hij had me over Amerika verteld. Waar meneer Eland vandaan kwam, waren oneindig brede, groene dalen en heldere rivieren die ontsprongen in gebergten vol ravijnen.

'Hebt u heimwee, meneer Eland?' vroeg ik.

Hij schudde zijn kop met het grote gewei. 'Door mijn werk voor de baas ben ik een wereldreiziger geworden. Waar ik mijn gewei afwerp, voel ik me thuis.'

Dat vond ik mooi gezegd. Meneer Eland vertelde me dat het een spreekwoord was van de Noord-Amerikaanse elanden.

Hij scharrelde nog een tijdje door de sneeuw, knabbelde wat schors van een appelboom en genoot van de warme stralen van de winterzon. Voor het lage hekje tussen onze tuin en het bos bleef hij peinzend staan.

'Kleine jongen,' zei hij, 'heb je zin om een ritje te maken door het bos?'

'Ja!' antwoordde ik met bonzend hart.

'Klim dan maar op mijn rug en hou je stevig vast,' zei meneer Eland, en hij knielde moeizaam. 'Je hoeft niet bang te zijn, ik zal goed oppassen.'

Ik slingerde me op zijn rug, boog naar voren en sloeg mijn armen om zijn dikke, warme hals.

'Vooruit maar!' fluisterde ik in zijn rechteroor.

Met zijn lange poten stapte meneer Eland voorzichtig over het hek. Hij begon te lopen. En daarna draafde hij, hij rende, en toen stormden we door het besneeuwde winterbos. De bomen flitsten als schimmen voorbij.

'Sneller, meneer Eland!' gilde ik. 'Sneller, sneller, neem me mee!'

Het wit van de sneeuw danste met het blauw van de hemel. Ik lachte en lachte, de koude wind blies door mijn haar en meneer Eland stoof moeiteloos voort. Niet één keer struikelde hij over een hobbeltje in de bodem van het bos, niet één keer werd ik geraakt of geschramd door een van de met sneeuw beladen, neerhangende boomtakken. En niet één keer voelde ik angst, want meneer Eland paste goed op.

'Heerlijk om eindelijk weer zo te kunnen lopen!' zei hij toen we stilstonden op een open plek midden in het bos. 'Behalve het mogen trekken van de kerstslee was dat mijn grootste wens. Wat is jouw grootste wens, jongen?'

Ik wist dat hij geen cadeau bedoelde zoals de volautomatische vruchtenpers die Kiki en ik met Kerstmis aan mama wilden geven. Mijn hart bonsde, want mijn grootste wens had ik nog nooit aan iemand verklapt. Het was een nog groter geheim dan het opblazen van de eieren van Panneman.

'Ik wou dat we weer een gezin met een papa waren,' zei ik.

Dat vond meneer Eland een heel goede wens. Hij wilde weten waarom papa en mama gescheiden waren. Ik kon het hem niet precies vertellen. Mama had eens gezegd dat papa en zij wel van elkaar hielden, maar elkaar niet begrepen. Soms moesten mensen hun eigen weg gaan, zei ze.

'Dat is een droevige waarheid,' zei meneer Eland.

Ik vond het ook heel droevig. Het was net als in de film *Casablanca*, alleen hadden papa en mama vóór de scheiding niet voortdurend pianogespeeld.

'Ik zal je wens aan de baas vertellen,' zei meneer Eland. 'Dat beloof ik.'

Plotseling werd ik heel verdrietig. Meneer Eland had gezegd wat ik al een tijdje had gedacht: nu zijn poot beter was, zou hij ons gauw verlaten en teruggaan naar de Kerstman in Amerika. Ik durfde hem niet te vragen wanneer hij zou gaan, want ik was bang voor het antwoord.

En zo gingen meneer Eland en ik op die heerlijke, zonnige winterdag zwijgend terug naar de Vinkenbosweg.

Meneer Eland krijgt bezoek

Twee dagen voor kerstavond kwam oma met veel tassen en koffers bij ons, voor haar jaarlijkse kerstbezoek. We hadden ons voorgenomen haar heel langzaam aan meneer Eland te laten wennen.

'Jullie weten wel waarom,' had mama gezegd.

'De hoed,' had Kiki geantwoord.

Lang geleden was oma in de dierentuin aangevallen door een giraf, die haar dure strohoed met plastic appeltjes had opgegeten. Sindsdien was ze bang voor grote dieren. Om te voorkomen dat ze meneer

Eland meteen de eerste dag al toevallig bij het rondwandelen zou tegenkomen, had mama hem met zijn toestemming voor de zekerheid in de garage opgesloten.

'Een nieuwe tafel,' merkte oma op toen we voor de koffie in de woonkamer bij elkaar zaten. 'Mooi. En zo stevig.'

De nieuwe tafel heette Flipsköken en was van dik beukenhout. Om Flipsköken te verbrijzelen moest er een olifant op vallen, had mama gezegd.

Oma zette haar kleine reishoedje recht. Het was niet van stro, maar van fijne groene stof, en het leek op een oud vogelnest. 'Hebben jullie mijn kokoskoekjes nog?' vroeg ze.

'Die hebben we allang op,' zei Kiki met een stralende glimlach. 'Ze waren erg lekker!'

Ik knikte en straalde ook en dacht aan de arme eenden in het park, die dit jaar niets hadden gekregen.

'Ik zou wel een glaasje lusten.' Oma schoof weer met haar hoed. 'Ik vind een treinreis altijd erg vermoeiend.'

Kiki grijnsde. We wisten allemaal dat oma ook graag een glaasje dronk als ze niet eerst met de trein had gereisd. Daarom had mama toen ze laatst boodschappen deed, twee flessen kersenlikeur meegebracht, waarvan ze er nu een op Flipsköken zette.

'Ah, een likeurtje!' zei oma en wreef zich in haar handen.

Op dat moment werd er aan de deur gebeld.

'Kiki en Max, doen jullie even open?' zei mama.

Toen we de voordeur opendeden, stond er een oude man voor ons met een ouderwets ruitjespak aan. Hij had wit haar, helblauwe ogen en een dikke buik. Hij zag er aardig uit, maar hij was het niet.

'Ik kom mijn eland halen,' zei hij. 'Ik heet Santa Claus.'

'Kunt u dat bewijzen?' vroeg ik kalm.

'Natuurlijk kan ik dat bewijzen,' zei de oude man. 'Jij bent Max Wagenaar en je hebt de vorige zomer drieëntwintig eieren opgeblazen in de legbatterij van Panneman.'

'Max!' riep Kiki vol bewondering.

Opeens voelde ik me zo draaierig dat ik het liefst was gaan zitten. Geen mens op de hele wereld wist iets over die eieren. Zelfs aan meneer Eland had ik het niet verteld.

Die oude man was de Kerstman!

'Ik weet dat mijn eland in jullie garage is,' zei hij. 'Maar de deur zit op slot. Dus wil ik graag de sleutel.'

'Die krijgt u niet,' klonk het achter me. Mama was samen met oma de gang op gekomen. 'Wie bent u eigenlijk?'

'Ik ben de Kerstman,' bromde Santa Claus.

'O ja?' zei mama. 'Kunt u dat bewijzen?'

Het was een grote fout om dat aan de Kerstman te vragen, maar hoe kon zij dat weten?

'Natuurlijk kan ik dat bewijzen,' zei de Kerstman. 'U bent Kirsten Wagenaar en u laat uw kinderen elk jaar de kokoskoekjes van uw moeder aan de eenden in het park voeren.'

Mama werd heel bleek.

'Is dat waar?' riep oma verontwaardigd.

'Ja,' zei de Kerstman. 'Maar dat kunt u haar niet kwalijk nemen. De koekjes zijn altijd aangebrand.'

Kiki deed haar mond open om iets te zeggen, maar bedacht zich. Dat vind ik nog steeds jammer. Wie weet wat voor geheim zij heeft dat de Kerstman ons had kunnen verklappen.

'Waar is uw slee?' vroeg ik. Ik wilde tijd winnen, maar ik was ook nieuwsgierig.

De Kerstman zei dat hij de slee thuis had gelaten in Amerika, waar hij werd klaargemaakt voor de grote kerstvlucht. Hij was gewoon met het vliegtuig gekomen en wilde met meneer Eland terugvliegen.

'Met het vliegtuig?' vroeg ik.

'Nee, hij vliegt natuurlijk zelf,' zei de Kerstman. 'En wel vandaag! Dus haal eindelijk die eland tevoorschijn, anders krijgen jullie geen kerstcadeaus.'

'Welke eland?' vroeg oma bezorgd.

'Dat leg ik later wel uit,' antwoordde mama.

Alle kerstcadeaus van de wereld konden me gestolen worden. Ik had niets te verliezen behalve meneer Eland, mijn beste en enige vriend.

'Hou die cadeaus maar!' gilde ik tegen de Kerstman. 'Van een afperser wil ik helemaal niets hebben!'

'Zo is dat,' zei mama. 'Bovendien koop ik alle kerstcadeaus altijd zelf.'

'Kopen, kopen,' bromde de Kerstman. 'Mensen denken altijd alleen aan geld en kopen! Ik bedoel geen cadeaus die je kunt kopen. Ik bedoel wensen uit het diepst van je hart, die alleen in vervulling gaan als je in mij gelooft.'

'De eland blijft hier,' zei mama vastberaden.

Ik vroeg me af of meneer Eland niet zelf moest beslissen of hij met zijn baas wilde meegaan of niet. Dat zou ons misschien een hoop narigheid besparen, want de Kerstman kreeg nu knalrode oren. En het leek of er in zijn blauwe ogen een onweer kwam opzetten dat elk ogenblik kon losbarsten.

'Moet ik boos worden?' bromde hij.

Ik dacht eraan dat hij ons misschien kon betoveren. Daarover had meneer Eland het nooit gehad, maar ik had er ook niet naar gevraagd. Dus was het mogelijk dat de Kerstman ons allemaal in aangebrande kokoskoekjes zou veranderen. Die dan voor de afwisseling niet aan de eenden in het park, maar aan de kippen van Panneman gevoerd zouden worden. Dat was een afschuwelijk idee.

Het was oma die ons allemaal redde.

'Beste man,' zei ze glimlachend tegen de Kerstman. 'U hoeft zich niet op te winden. We kunnen beter een likeurtje drinken. Dat doet wonderen.'

'Zoals u wilt, mevrouw,' zei de Kerstman. 'Een klein glaasje dan.'

Als hij wilde, kon hij net zo beleefd zijn als meneer Eland.

Een halfuur later zaten oma en de Kerstman aan Flipsköken achter een lege likeurfles. Ze zongen een lied dat erover ging hoe mooi het was langs de Rijn. Daarvóór had de Kerstman oma uitgelegd dat ze haar kokoskoekjes met minder bovenwarmte moest bakken, en gezegd dat ze een mooiere hoed moest kopen.

'Eerlijk duurt het langst,' zei mama. 'Kiki, wil jij de tweede fles kersenlikeur even halen?'

Ik vroeg haar de sleutel van de garage en ging naar meneer Eland. Het verbaasde hem niet dat de baas was gekomen om hem te halen.

'Ik moet met hem mee,' zei hij. 'Maar ik zou best nog een tijdje bij jullie willen blijven. Ik moet erover nadenken.'

Het was al donker toen de Kerstman eindelijk wegging. Hij zong vrolijke liedjes, terwijl hij in het licht van de straatlantaarns over de Vinkenbosweg in de richting van de stad wankelde. Meneer Eland was hij blijkbaar helemaal vergeten.

'Hij komt morgen terug,' zei meneer Eland. 'Tot die tijd kan ik nadenken.'

Meneer Eland vliegt

We hoorden het vreselijke nieuws de volgende ochtend op de radio. Een nieuwslezer vertelde dat de politie de afgelopen nacht een zingende oude man in een ruitjespak had opgepakt. De oude man was blijkbaar in de war, want hij dacht dat hij de Kerstman was. Daarom was hij opgenomen in een psychiatrische inrichting.

‘Wat is een psychiatrische inrichting?’ vroeg ik.
‘Een krankzinnigengesticht,’ zei mama.
‘Het gekkenhuis,’ zei oma.
‘Het is een ziekenhuis voor zenuwpatiënten,’ legde Kiki in de garage aan meneer Eland uit, die aandachtig luisterde. ‘Als je daar eenmaal in zit, kom je er niet zo gauw meer uit.’
‘Nou en,’ zei ik. ‘Is dat zo erg?’
Ik was boos op de Kerstman. Hij was niet aardig tegen ons geweest. Hij was gekomen om meneer Eland te halen en hij had onze geheimen verklapt. En misschien zou hij ons allemaal in aangebrande koekjes veranderd hebben. Ik vond het zijn verdiende loon dat hij was opgesloten.
‘Maar jongen toch!’ riep meneer Eland. ‘Morgen is het kerstavond! Als de baas opgesloten blijft, gaat Kerstmis niet door!’
Ik begreep meteen wat hij bedoelde. Als Kerstmis niet doorging, zouden de wensen uit het diepst van je hart niet in vervulling gaan.
‘Dat is vreselijk,’ fluisterde ik.
Een volautomatische vruchtenpers, zoals onder mijn bed verborgen lag, was geen wens uit het diepst van je hart. Een wens uit het diepst van je

hart is vrede op aarde, dat de man en de vrouw uit *Casablanca* elkaar aan het eind toch krijgen, en dat iedereen gelukkig wordt.

'Kon ik maar vliegen,' zei meneer Eland. 'Dan zou ik me door het dak van het ziekenhuis laten vallen, snel de baas oppikken en ervandoor gaan!'

Hij schudde droevig zijn kop, en de pluk haren onder zijn kin zwaaide triest heen en weer. Het leek een uitzichtloze toestand. We waren wanhopig.

Mama kwam op het idee naar het ziekenhuis te rijden. Omdat ze zelf geen auto had, bracht Gerlinde Wolters haar met haar kleine zwarte Mini naar het andere eind van de stad.

Een uur later kwam ze terug. 'Ze wilden me opsluiten!' riep ze woedend.

'Je had die zenuwarts ook niet moeten bevelen om de Kerstman onmiddellijk vrij te laten,' zei Gerlinde. 'Je bent een sufferd, Kirsten Wagenaar!'

Toen Kiki en ik meneer Eland vertelden wat er was gebeurd, begon hij te huilen. Uit zijn mooie bruine ogen biggelden grote tranen op zijn donkere vacht. 'Het is allemaal mijn schuld,' zei hij bedroefd. 'Ik had nooit mogen neerstorten. Ik ben een schande voor de hertenfamilie.'

Hij trok zich terug in de achterste hoek van de garage en rolde zich op tot een donkere bal. Ik bood hem rode en groene wijngumbeertjes aan en krabbelde hem achter zijn hangende oren. Maar meneer Eland was ontroostbaar.

's Middags wisten we nog steeds niet hoe we de Kerstman konden bevrijden. Mama deed in de keuken peren op sap in een schaal om meneer Eland daarmee op te vrolijken. Kiki en ik zaten samen met oma in de woonkamer. Vanwege de opwinding dronk ze een glaasje likeur.

'Die arme Kerstman,' zuchtte ze. 'Nu kan ik hem ook dit zakje niet teruggeven dat hij hier gisteravond waarschijnlijk verloren heeft.'

Ze hield iets in haar hand omhoog. Het was een klein bruin zakje.

Sterrenstof!

'Ik zal het als aandenken bewaren,' zei oma.

'Dat is niet van de Kerstman. Het is van mij,' zei Kiki. Ze kan liegen zonder met haar ogen te knipperen. Mama denkt dat ze het ver zal brengen in de wereld.

'Als het van jou is,' zei oma met halfdichtgeknepen ogen, 'dan weet je vast ook wat erin zit.'

‘Natuurlijk weet ik dat,’ antwoordde Kiki vriendelijk. ‘Het is gedroogde giraffenmest uit de dierentuin.’

Oma gilde en gooide het zakje geschrokken weg. Ik ving het op. Tien seconden later waren Kiki en ik bij meneer Eland in de garage.

‘Het is echt sterrenstof,’ zei hij nadat hij in het zakje had gekeken. ‘Nu kan ik naar het ziekenhuis vliegen en de baas bevrijden!’

‘U moet ons meenemen, meneer Eland,’ zei ik. ‘Zonder ons kunt u de weg niet vinden.’

‘Oké,’ zei meneer Eland. ‘Maar snel, we hebben geen tijd te verliezen! Strooi het sterrenstof over me heen, jongen.’

'Hoe?'

'Denk maar dat het zakje een peperstrooier is en meneer Eland een biefstuk,' zei Kiki.

'Liever niet, zeg!' bromde meneer Eland beledigd.

Ik strooide het sterrenstof over zijn vacht. De kleine, lichte korreltjes leken echt op peper. Alleen als je heel goed keek, kon je zien dat ze een beetje fonkelden.

Meneer Eland knielde, zodat Kiki en ik op zijn rug konden klimmen. 'Daar gaan we,' zei hij.

Maar we gingen niet, want buiten voor de garage stond de oude Panneman op de besneeuwde oprit. Zijn bontmuts was ver over zijn voorhoofd gezakt. Dat zag er heel grappig uit. Maar wat er niet grappig uitzag, was het jachtgeweer dat hij in zijn handen had.

'Voor het kerstspel!' riep hij. 'Jullie houden die eland verborgen! Ik heb zijn sporen gezien in het bos!'

'Meneer Panneman, laat ons alstublieft gaan,' riep ik. 'Anders gaat Kerstmis niet door!'

De oude Panneman lachte alleen maar. Hij richtte zijn jachtgeweer op meneer Eland. Ik was doods-

bang. Maar net als Kiki, die achter me zat, kwam ik niet van mijn plaats. Als we op meneer Eland bleven zitten, zou Panneman misschien niet schieten.

'Afstijgen!' gromde hij. 'Ik wil een gewei van een eland hebben en dat krijg ik nu!'

'Je krijgt hooguit een paar klappen op je rare muts!' bromde meneer Eland, die tot nu toe geen kik had gegeven.

Panneman had nog nooit een eland horen praten. Hij zette grote ogen op en liet zijn geweer zakken. Daarna bleef hij zo stil staan dat het leek of hij in steen was veranderd.

'Tok,' zei hij.

'Tok?' deed meneer Eland hem na. 'Wat bedoel je daarmee?'

'Hij denkt dat hij een van zijn eigen kippen is,' zei Kiki. Later legde ze me uit dat de oude Panneman een shock had gehad. Daarom bewoog hij ook niet toen meneer Eland een paar keer krachtig met zijn hoeven schraapte en langs hem heen over de oprit rende.

'Hou je vast!' bromde meneer Eland. Het volgende moment kwam hij los van de grond, en de wind suisde om onze oren. In mijn buik kreeg ik

een gevoel zoals vroeger, toen papa vliegtuigje met me speelde en me door de lucht liet zwaaien.

'We vliegen!' schreeuwde ik.

'Niet naar beneden kijken,' riep meneer Eland. 'Anders worden jullie duizelig!'

Ik keek toch naar beneden.

Onze schaduw gleed over mama, die met een schaal peren op sap het huis uitkwam. Ze keek omhoog en zag ons wegvliegen. Toen veranderde meneer Eland van koers, en mama was verdwenen.

De vlucht op de rug van meneer Eland was nergens mee te vergelijken. Het leek op onze rit door het winterbos, maar deze keer *vlogen* we! Door de koude wind kreeg ik tranen in mijn ogen, maar ik kon niet genoeg krijgen van het rondkijken.

Klein, heel klein lag de stad onder ons. De huizen en de auto's leken op speelgoed. Ik herkende de school en het station. En ik zag de ijsbaan, waarop mensen rondschaatsten als kleurige puntjes.

'Kijk daar!' riep Kiki.

Ze wees naar voren. Heel in de verte, achter de besneeuwde, golvende heuvels, ging de zon onder als een vlammende bol. Het licht toverde rode randen rond de nevelige wolken van de namiddaghemel. De hele wereld, met bergen en bomen, rivieren en meren, was plotseling overgoten met een roodachtig schijnsel.

'O, meneer Eland!' riep ik verrukt.

'Ja,' bromde hij. 'Ik weet het, jongen.'

We hadden nog niet lang gevlogen toen het begon te sneeuwen en ik heel koude oren kreeg. Ik was blij dat we kort daarna het ziekenhuis ontdekten. Het lag op een heuvel aan de rand van het bos. Met de kleine kantelen, het hoge puntdak en de vele schoorstenen leek het net een kasteel.

'U moet ons ergens afzetten voordat u zich door het dak laat vallen, meneer Eland!' riep Kiki.

Maar we hoefden niet af te stijgen en meneer Eland hoefde zich niet door het dak te laten vallen. Dat was niet nodig, omdat de Kerstman op het dak zat, tussen twee schoorstenen. Op de binnenplaats van het ziekenhuis liepen artsen in witte jassen rond en wezen opgewonden naar boven.

'Hallo!' riep de Kerstman, terwijl hij naar ons zwaaide. 'Hier ben ik!'

Meneer Eland maakte een zwierige bocht en daalde naar het dak. Vlak naast de Kerstman bleef

hij in de lucht staan, alsof hij vaste grond onder zijn hoeven had.

'Stijg maar op, baas,' snoof hij en voor zijn neusgaten wervelden een paar dansende sneeuwvlokken.

'Mijn trouwe eland!' riep de Kerstman.

Zijn ruitjespak en zijn oude, rode gezicht zaten onder het roet. Hij klom moeizaam bij ons op de rug van meneer Eland en ging achter Kiki en mij zitten. Het was een beetje krap, doordat hij zo dik was. Ik merkte dat de Kerstman net zo rook als een schoorsteenveger.

'Ik ben ertussenuit geknepen door de open haard op de kamer van de zenuwarts,' legde hij uit. 'Door schoorstenen klimmen is tenslotte mijn specialiteit.'

'Goed gedaan, baas,' bromde meneer Eland. Hij steeg op, bijna recht boven het dak, brieste even en galoppeerde ervandoor.

'Heidiho-ha-ha!' riep de Kerstman enthousiast en toen joegen we door de lucht en de sneeuwbui, op de rug van de trouwe meneer Eland, die voor mij de grootste held aller tijden is.

Meneer Eland vertrekt

Het schemerde al en de stad fonkelde als een geheimzinnig tapijt van lichtjes, toen meneer Eland met ons in de Vinkenbosweg landde. Hij kwam zacht neer in de tuin, waar mama en Gerlinde Wolters meteen op ons af stormden.

'Jullie hadden wel kunnen vallen!' riep mama.

'Niet met meneer Eland,' antwoordde meneer Eland zelfverzekerd.

'Wat een macho!' zei Gerlinde.

De oude Panneman met zijn jachtgeweer was er niet meer. Mama had tegen hem gezegd dat hij een nachtmerrie had gehad, en hem naar huis gestuurd, naar zijn kippen. Ondertussen was er zoveel verse sneeuw gevallen dat niemand meer de sporen van meneer Eland in het bos kon ontdekken.

'Ik heb me heel veel zorgen over jullie gemaakt,' zei mama. 'Daarom heb ik papa opgebeld. Hij komt morgen.'

'Jullie moeder is helemaal gek geworden,' zei Gerlinde. Ze was zo van streek dat al haar zijden sjaals in de knoop zaten.

Ik had ook graag iets willen hebben om te knopen. Papa zou komen! Mijn hele lichaam tintelde, van mijn voeten tot de toppen van mijn vingers. Zelfs Kiki straalde over haar hele gezicht. Dat was heel ongewoon. Dat doet ze anders alleen als ze met succes heeft gelogen.

'Verwacht er alsjeblieft niet te veel van, kinderen,' zei mama zacht. 'Ik wil niet dat jullie later teleurgesteld zijn.'

Meneer Eland had naar haar geluisterd en knikte ernstig. Maar toen mama zich omdraaide, grijnsde hij naar mij en liet daarbij al zijn grote witte tanden zien.

'Mevrouw,' zei de met roet besmeurde Kerstman tegen mama, 'we hebben veel haast, maar voor ons vertrek zou ik me toch graag even willen wassen.'

'We gaan allemaal naar binnen,' zei mama. 'Oma heeft het bad vol laten lopen en warme chocolademelk gemaakt.'

'Heerlijk,' zei de Kerstman met een zucht. 'Maar een likeurtje voor het vertrek zou er ook wel ingaan.'

Oma kwam niet mee de tuin in, toen we afscheid namen van meneer Eland en de Kerstman. Ze zei dat ze een hekel had aan afscheid nemen. Maar volgens mij was ze een beetje bang voor de grote meneer Eland.

Mama had in alle kamers de lampen aangedaan. Het licht scheen door de ramen naar buiten en sneeuwvlokken zweefden er als gouden veren voorlangs.

Gerlinde Wolters zei dat haar vrouwengroep de pot op kon, en ze omhelsde meneer Eland. Ze knoopte hem eigenhandig haar mooiste kleurige zijden sjaal om de hals.

'Een fraaie das, Eland,' zei de Kerstman. 'Die zal het goed doen als je morgen bij de grote kerstvlucht de slee trekt.'

Meneer Eland brieste. Zijn neus begon te trillen en ik zag dat zijn poten knikten. 'Baas,' stamelde hij, 'dat is een grote eer! Maar wat zullen de rendieren ...'

'Laat die maar aan mij over,' viel de Kerstman hem in de rede. Hij probeerde streng te klinken, maar ik zag dat hij glimlachte.

O, wat was ik trots op mijn vriend meneer Eland, die van verlegenheid niet wist hoe hij moest kijken! Zijn grootste wens was in vervulling gegaan en nu kreeg hij ook nog een pot peren op sap, die mama voor hem had ingepakt.

'Die zijn voor onderweg,' zei ze tegen meneer Eland.

'Mevrouw,' zei meneer Eland plechtig, 'ik zal bij het eten van deze heerlijke vruchten niet smakken en ook geen boeren laten.'

'Boertjes zijn niet zo erg,' zei mama met een glimlach.

Kiki gaf meneer Eland een van de foto's die ze voor de verzekering had gemaakt. Daarna sloeg ze haar ogen neer. Ze kan het niet uitstaan als iemand ziet dat ze huilt.

'Voor ons is er altijd nog Parijs,' zei meneer Eland. Hij duwde haar met zijn zachte snuit onder haar kin. 'Ik kijk je in je ogen, meisje.'

Dat was aardig van hem, want het waren de zinnen uit de film *Casablanca* die Kiki zo romantisch had gevonden. Alleen was het niet Kiki die zou wegvliegen, maar meneer Eland.

'Ik heb niet eens een wijngumbeertje voor u, meneer Eland,' zei ik verdrietig, toen hij zich naar mij omdraaide. 'Ik heb helemaal niets.'

'Dat heb je wel, hoor,' zei meneer Eland. 'Maar je hebt het me allang gegeven.'

Ik sloeg een laatste keer mijn armen om zijn warme hals en krabbelde hem achter zijn grote oren. 'Tot ziens, meneer Eland,' fluisterde ik.

'Tot ziens, jongen,' zei meneer Eland. Daarna knielde hij en liet de Kerstman op zijn rug klimmen.

Ik kan niet beschrijven wat ik op dat moment voelde. Ik was dapper en huilde niet, want meneer

Eland had eens gezegd dat het zijn hart brak als hij een kind zag huilen. Mijn eigen hart brak niet. Het sprong uit elkaar in duizend kleine splinters, net als Sören toen meneer Eland op hem geland was.

De lucht glinsterde even toen de Kerstman het laatste restje sterrenstof uit het zakje over meneer Eland strooide.

'Vaarwel, vaarwel en vrolijk kerstfeest!' riep hij.

Meneer Eland schraapte met zijn hoeven en het volgende moment waren hij en de Kerstman al door de donkere winterhemel opgeslokt alsof ze er nooit geweest waren.

Kiki sloeg een arm om me heen. 'Kom mee naar binnen, Max,' zei ze. 'Dan gaan we de volautomatische vruchtenpers inpakken.'

Dat was het verhaal over meneer Eland. Ik heb het opgeschreven, zodat iedereen begrijpt waarom ik in de Kerstman en vliegende elanden geloof. Het is goed dat ik het op tijd af heb, want ik heb mama beloofd dat ik de kerstboom zal versieren.

Mijn verhaal is vast niet zo wetenschappelijk als Kiki's verslag over het leven van de elanden. Ik hoor haar hiernaast op de schrijfmachine ratelen.

Als ze geluk heeft, wordt ze voor haar werk in de Académie Française opgenomen.

Straks is het kerstavond en later komt papa bij ons op bezoek. Mama is beneden in de keuken en bakt koekjes. Oma helpt haar, hoewel ze nog steeds beledigd is vanwege de kokoskoekjes. Af en toe lacht mama hard. Ik geloof dat ze zenuwachtig is.

Ik ben zelf ook zenuwachtig. Misschien kunnen papa en mama het weer goed met elkaar vinden. Misschien blijft papa bij ons.

Dat is mijn kerstwens.

Ik hoop dat meneer Eland het niet vergeten is.

Exclusief interview met

de Kerstman

door Joukje Akveld
(met grote dank aan Thomas Akveld)

Vanwege zijn optreden in de film *Midden in de Winternacht* werd de Kerstman overspoeld met aanvragen voor interviews. Hoewel hij niet houdt van publiciteit, besloot hij één interview te geven. Graag hadden wij hem thuis bezocht in het Hoge Noorden, maar dat wilde de Kerstman niet. Dus zochten we een andere manier om hem te spreken.

Gekraak van een walkietalkie. Stilte. Nog meer gekraak.

'Hallo?'

'Hallo.'

'Kerstman, bent u dat?'

'Ja, ik ben de Kerstman.'

'Fijn dat u tijd kon maken voor een gesprek.'

'Jaja. Begin maar met je vragen.'

'Hoe gaat het met uw eland?'

'Je bedoelt Moos? Die maakt het uitstekend. Geen blessures meer, niet meer uit de bocht gevlogen sinds dat akkefietje laatst bij jullie.'

'En met u?'

'Prima, prima. Best. In blakende gezondheid van mijn tenen tot mijn kruin, aardig dat je het vraagt.'

'Er zijn hier mensen die niet geloven dat u bestaat.'
'Flauwekul.'
'Pardon?'
'Natuurlijk besta ik. Met wie dacht je anders dat je sprak.'
'Nou ja, u kunt iedereen wel zijn. Ik kan u niet zien, u wilde niet skypen – '
'Ik skype niet.'
'Nee, dat had u al laten weten. Handig wel dat u een walkietalkie van Max heeft meegenomen naar daar. Maar uhm – welke naam staat er eigenlijk in uw paspoort?'
'Zeg, wat zijn dit voor vragen? Ik heet Eddie, dát staat er in mijn paspoort.'
'Eddie hoe? Eddie de Kerstman?'
'De Kerstman is mijn artiestennaam.'
Dan, ongeduldig: 'Stel je volgende vraag, ik heb niet alle tijd.'
'Heeft u altijd al Kerstman willen worden?'
'Hoe bedoel je, "willen worden". Kerstman word je niet, dat bén je.'
'Maar als kind, wilde u toen al Kerstman zijn? Of toch liever brandweerman of iets met dieren.'
'Ik heb een weiland vol rendieren en elanden, ik doe iets met dieren.'

'Ja, maar ik bedoel – '
'Volgende vraag.'
'O.' *Stilte.* 'Is rood uw lievelingskleur?'
Diepe zucht. 'Ja, rood is mijn lievelingskleur.'
'Bent u getrouwd?'
'…'
'De mensen willen gewoon graag weten of er ook een Kerstvrouw is.'
'Geen commentaar.'

'Geen commentaar?'
'Je hebt me wel gehoord.'
'U drinkt niet nog af en toe een glaasje met de oma van Max en Kiki?'
'Het gaat jou geen bliksem aan met wie ik af en toe een glaasje drink. Volgende vraag.'
'Waarom zegt u altijd "hohoho". Dat slaat toch nergens op?'
Grinnikt. 'Dat slaat inderdaad nergens op.'
'Waarom zegt u het dan?'
'Traditie hè. Sommige gewoontes zijn lastig af te leren.'
'Viert u Sinterklaas?'
'Nou ja zeg!'
'Het kon toch.'
'Ik vind je vragen heel merkwaardig.'
'Ik vraag alleen maar wat de mensen willen weten, Kerstman. Hebben jullie weleens contact, Sint en u?'
'Natuurlijk niet.'
'Waarom niet? U zit toch in dezelfde branche?'
'Welke branche?'
'Nou, mensen blij maken, cadeautjes geven ... Is het niet handig uw concurrent te kennen?'
'Daar heb ik geen behoefte aan.'
'Hij wint anders wel aan terrein, Sinterklaas.'

'Dat interesseert me geen kluit.'
'Sorry?'
'Niets. Laat maar. Heb je nog veel van die vragen? Ik heb het druk.'
'Druk? Waarmee? U werkt toch maar twee dagen per jaar? Wat doet u de rest van de tijd eigenlijk? Of heeft u 363 snipperdagen?'
'Ik geloof niet dat je mijn beroep serieus neemt.'
'Ik neem u heel serieus. Ik wil alleen weten of u echt bestaat.'
'Die vraag hebben we al gehad.'
'Oké.' *Stilte.* 'Wat is uw favoriete kerstliedje?'
'Midden in de Winternacht.'
'Dat lied gaat eigenlijk over iets anders, toch? Over een kind in een stal en – '
'Maar jullie zingen het wel met Kerstmis.'
'Ja, dat is zo.'
'Precies.'
'Hoe komt het dat u alles van iedereen weet?'
'Dat is beroepsgeheim.'
'Wat een flauw antwoord.'
'Geloof je het weer niet?'
'Nou – '
'Je mag nog één vraag stellen, dan moet ik de dieren voeren.'

‘Moos.’
‘Ja, en de rendieren.’
‘Die heeft u niet ontslagen?’
‘Waarom zou ik?’
‘Omdat het verwaande kwasten zijn. En omdat Moos nu toch voortaan de kerstvlucht doet.’
‘Nog één vraag, zei ik.’
‘Bestaat u echt?’
‘Je verdoet je tijd.’
‘Kunt u bewijzen dat u de Kerstman bent?’
‘…’
‘Kerstman? Kerstman, bent u daar nog? Ik zou zo graag een keer met u op de foto willen, Kerstman!’

Er klinkt een klik, gevolgd door geruis. De verbinding is verbroken.